TIJGERS VAN DE STRAAT

TIJGERS VAN DE STRAAT

COLOFON
Oorspronkelijke uitgave: Shinko Music Pub. Co., Ltd.
© Shinko Music Pub. Co., Ltd. - MCMLXXXVIII
© Nederlandse editie: Uitgeverij Elmar b.v., Rijswijk -
MCMLXXXIX
Vertaling: Aja Kato
Vormgeving / lay-out: Studio Raster, Rijswijk
Vormgeving omslag: Victor Hoefnagels
Zetwerk: DTQP, Schiedam
ISBN 90 6120 733 9

CIP – GEGEVENS

Tijgers

Tijgers van de straat. - Rijswijk : Elmar. - ill., foto's
ISBN 90 6120 733 9
SISO 634.2 UDC 636.8(084.12) NUGI 410
Trefw.: katten ; fotoboeken

1

KATTEN...

DAGELIJKSE BESLOMMERINGEN

WASSEN

IK BEN ME AAN HET WASSEN, GEEN GEZEUR AAN MIJN HOOFD A.U.B.

DOE MAAR RUSTIG AAN HOOR, IK LET WEL EVEN OP

SLOOF JE NIET ZO UIT, IK BEN HELEMAAL NIET GECHARMEERD VAN JE ▶

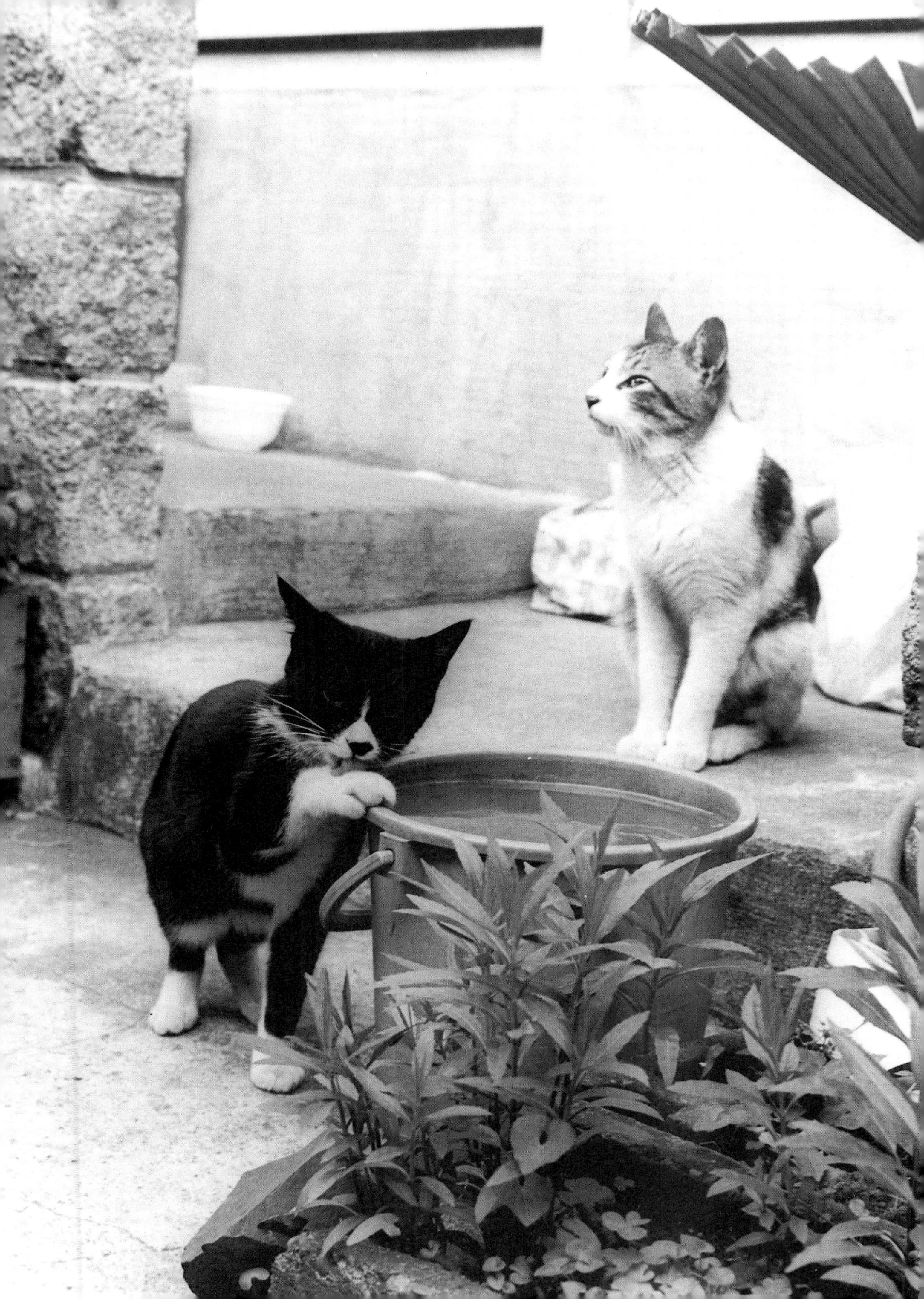

EN NOU HELEMAAL TOT AAN HET PUNTJE

NOG EEN KLEIN STUKJE WASSEN, DAN PAS REAGEREN

KRABBEN

WAT EEN VERRUKKELIJK TAKJE

TEGEN ZONVERWARMDE STENEN AAN, DAT IS PAS ECHT GENIETEN

JE MOET OOK ALLES TEGELIJK IN DE GATEN HOUDEN

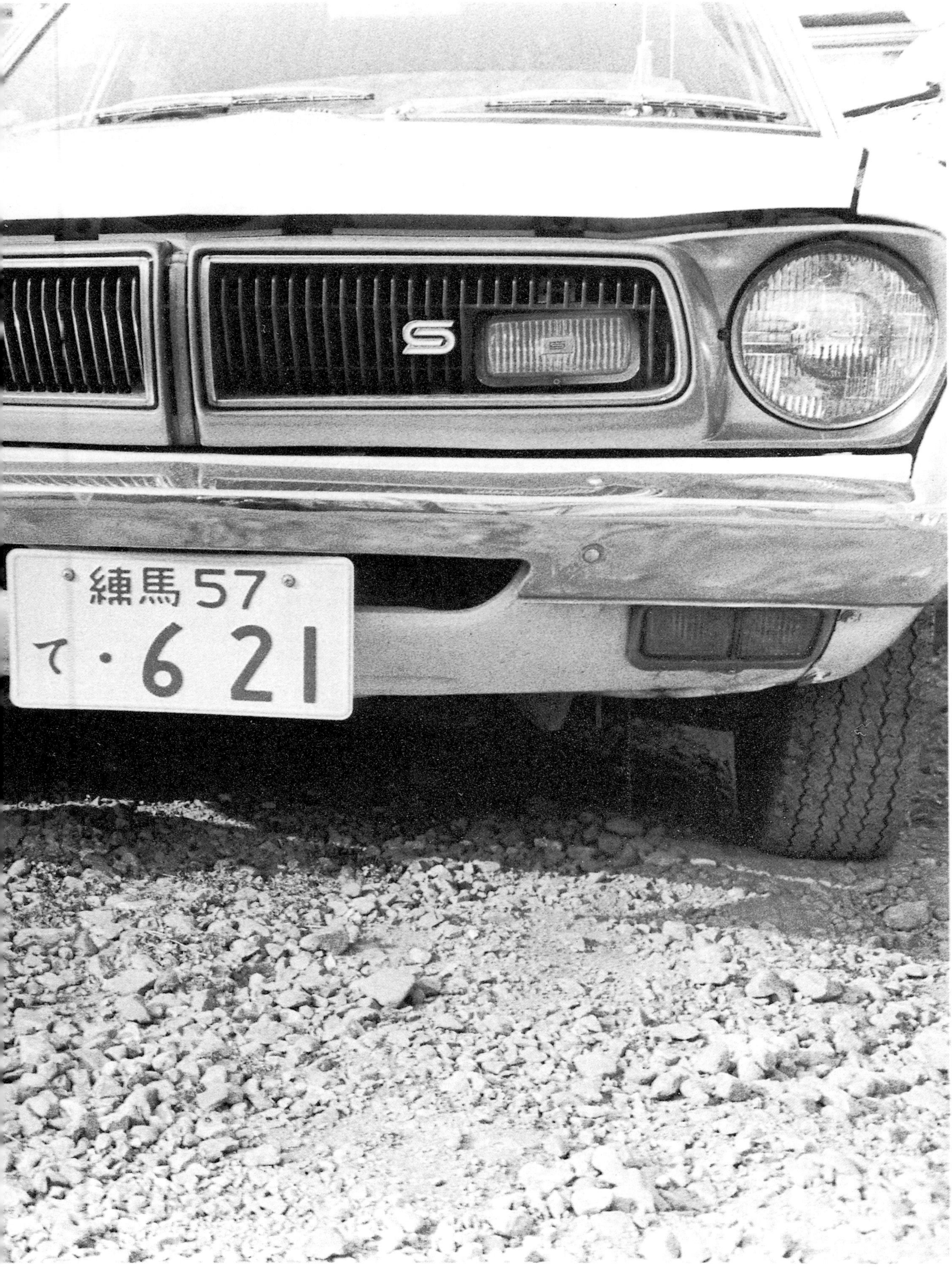

S
練馬57
て・621

SLAPEN

'T IS TE WARM VANDAAG

HELEMAAL ONTSPANNEN, OF LIJKT DAT MAAR ZO?

◀ ZOU IK HAAR OOIT NOG TERUGZIEN?

NOU, WAAR WACHT JE OP?

VOORAL 'S NACHTS KON HET HIER NOGAL EENS SPOKEN

HARDE BEDDEN ZIJN BEST GEZOND, ER LIGT ZELFS EEN DEKEN OVER

DIT IS PAS EEN ECHT VEILIGE PLEK

LOPEN

DIT STUK STRAAT 'WAS' MIJN STUK STRAAT

TIJGER VAN DE STRAAT ▶

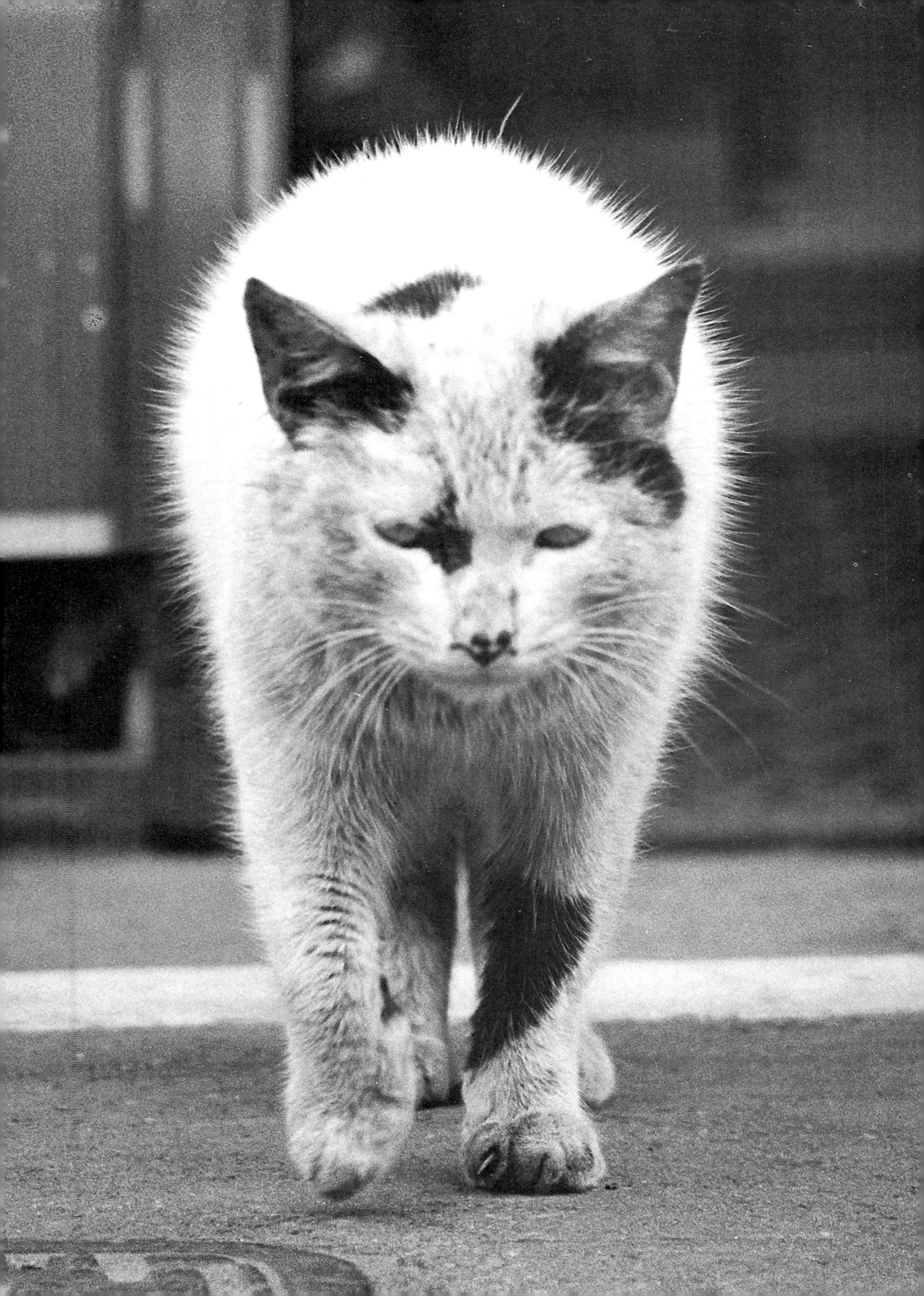

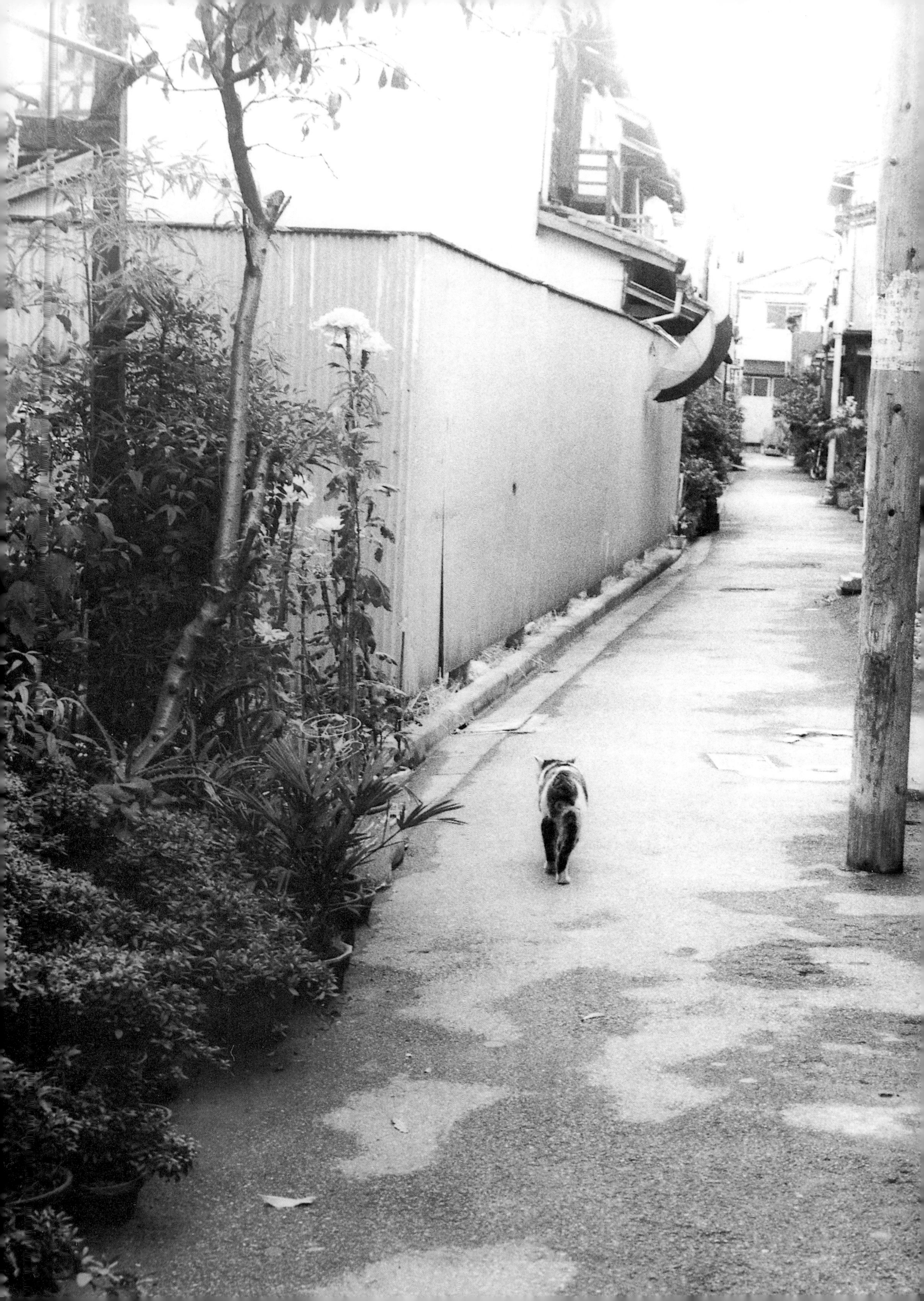

VOLGENS MIJ ZIT JE ACHTER DAT WIEL

WAAR LIGT IE NOU?

ZOU ME DAT LUKKEN, DAT RANDJE?

◀ ALS JE TOCH HET LEF HEBT ME IN DE RUG AAN TE VALLEN...

KIJKEN KIJKEN NIET PAKKEN

LOEREN

DIE BUURVROUW DENKT NOG STEEDS DAT IK EEN HOND BEN

ALLES O.K. ... VOORUIT MAAR

BEWEEGT DAAR NOU WAT OF NIET?

EEEST EVEN DE KAT UIT DE BOOM KIJKEN

ZOU HET ONDER DIE AUTO EEN BEETJE WARMER ZIJN?

ALS ZE ME MAAR BUITEN ZOUDEN LATEN, DAN ZOU IK ZE EENS WAT LATEN ZIEN

VOLGENS MIJ IS DIT KNAP INGEWIKKELD

JA, JA ...

HET LEVEN BEKIJKEN VANUIT EEN VEILIGE RONDING

MET Z'N TWEETJES KUNNEN WE HEM WEL AAN

SPELEN

ZIE JE ME NU NOG NIET?

JA HOOR, DAAR IS HIJ DAN

PRIMA PLEK HIER

ALS IK OP MIJN INSTINKTEN ZOU AFGAAN ... ▶

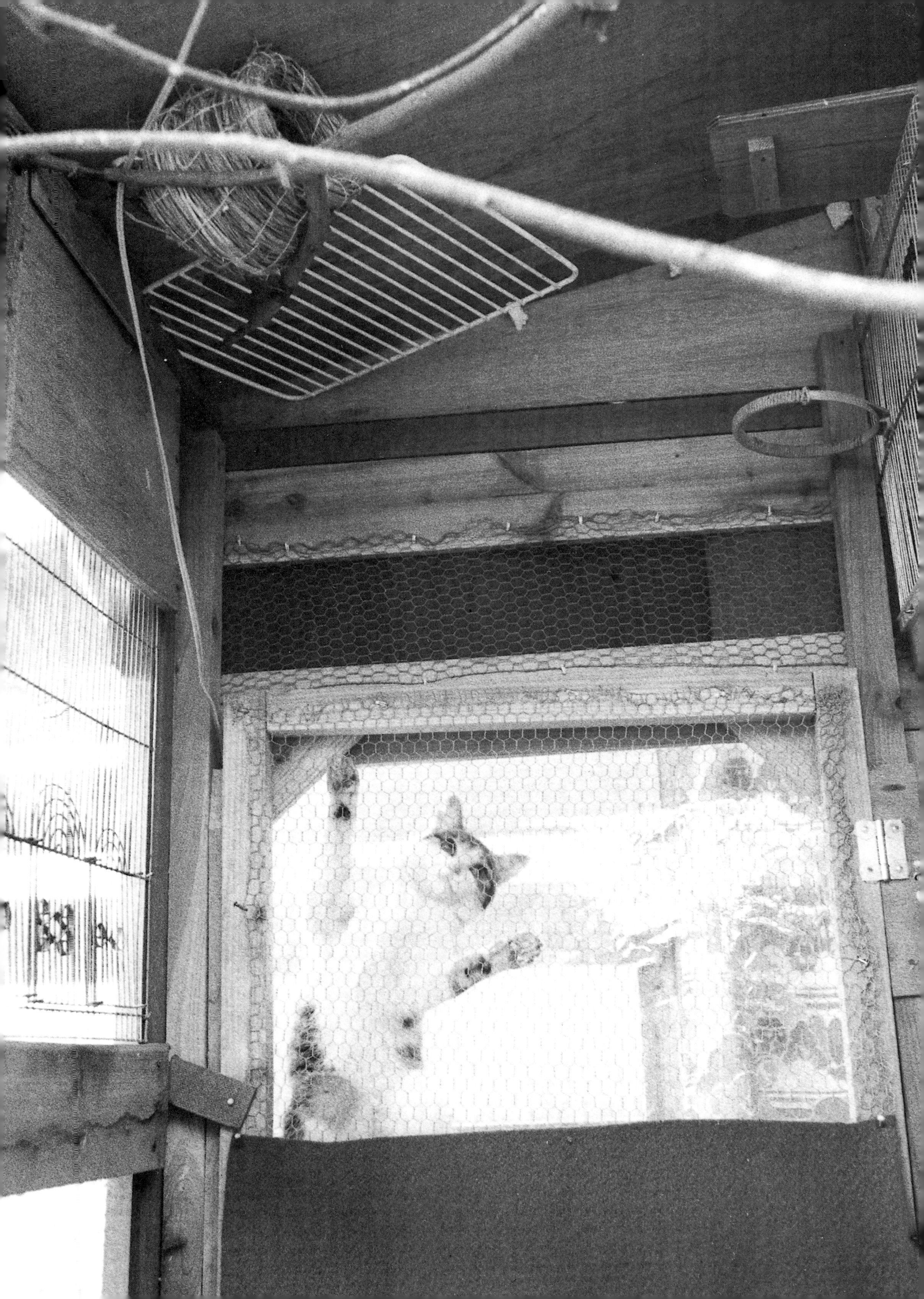

DE POOTJES GEKROMD VAN PLEZIER

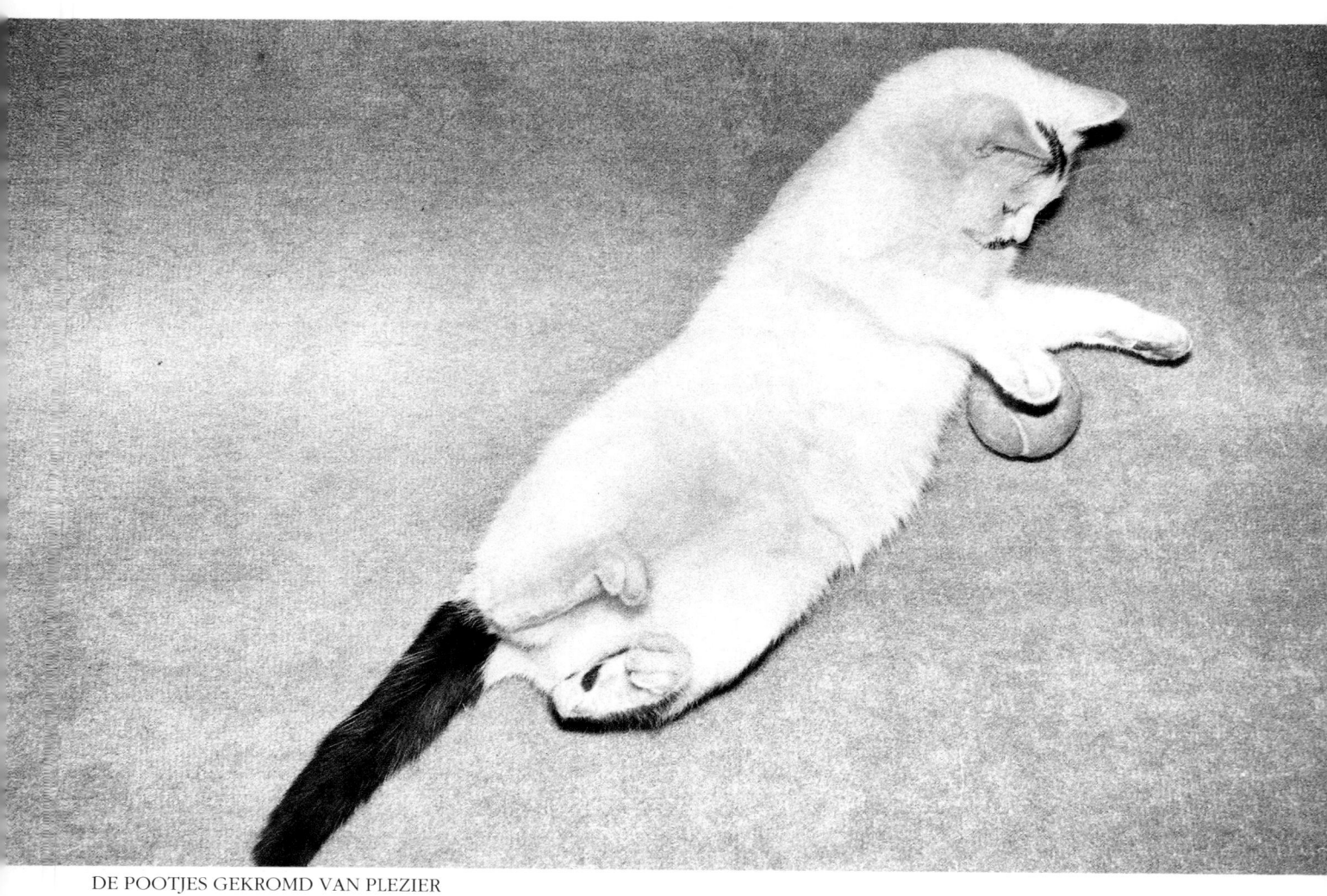

PAS MAAR OP VOOR DEZE SCHUWE LIEVERDJES

JA, ZE HEBBEN ALWEER VOOR ETEN GEZORGD

WIE KOMT MIJ EVEN KRIEUWEN?

KAN IE ZO?

ROLLEN

32

IK VIND 'T EEN BEETJE ENG ...

OMA, KIJK EENS NAAR ME!

ZITTEN

AARDIG HUIS WAT?

JE HEBT NU EENMAAL KATTEN VAN BETER EN VAN MINDER ALLOOI

◀ TOT OP DE LAATSTE CENTIMETERS ZAL IK DIT DAK VERDEDIGEN

VAN HIERUIT KUN JE ECHT ALLES OVERZIEN

ZIJN HET ER NOU VIER OF VIJF?

DE WILDE KATTEN

De wilde katten in de tuin,
een moeder met haar drietal jongen,
die van de zomer zo speels sprongen,
ze zitten, roerloos, de kop schuin,

in 't allerlaatste beetje zon,
in 't natte gras. De bomen halen.
Ik zou in huis ze willen halen,
in onze warme knusse ton.

Mijn vrouw voelt echter niet voor dieren.
Ik wil hen stiekem toch plezieren,
zeg ze een groet, gooi hun wat zoet.

Ze blijven in de regen zitten,
met starogen zo zwart als gitten,
die niet begrijpen maar verwijten:

je bent wel goed, maar lauw van bloed!...

Johan Daisne
Uit: Verzamelde gedichten.
B. Gottmer/Orion, Nijmegen/Brugge 1978

2

KATTEN...

THUIS IN DE OMGEVING

JA, 'T KOMT ER ZO AAN

ER IS GENOEG VOOR IEDEREEN

BIJ ELKAAR

JA, DAAR ZATEN WE OP TE WACHTEN

NIEUWSGIERIGHEID WINT HET VAAK VAN ANGST

ZOU HIER EEN VERWARMINGSBUIS ONDER ZITTEN?

IK MOCHT NIET MET ZE MEE

WAT IS DAT VOOR EEN VREEMD VOORWERP?

NU VOORAL NIET LATEN MERKEN DAT IK BANG BEN

BUITEN

VROEGER WAS DAT MIJN HUIS

DIE ZAL IK EENS EVEN EEN POEPJE LATEN RUIKEN!

UITRUSTEN

IK LEEF NU ALWEER DRIE JAAR MET DAT ENE OOG

EIGENLIJK HOUDEN WE NIET VAN POSEREN, MAAR VOORUIT, OMDAT JIJ HET BENT

... EN LANGZAAM VAL JE IN EEN DIEPE DIEPE SLAAP ...

VOLGENS MIJ KEN IK JOU NIET

DIE ZENUWEKAT NAAST MIJ HOUDT DE BOEL WEL IN DE GATEN

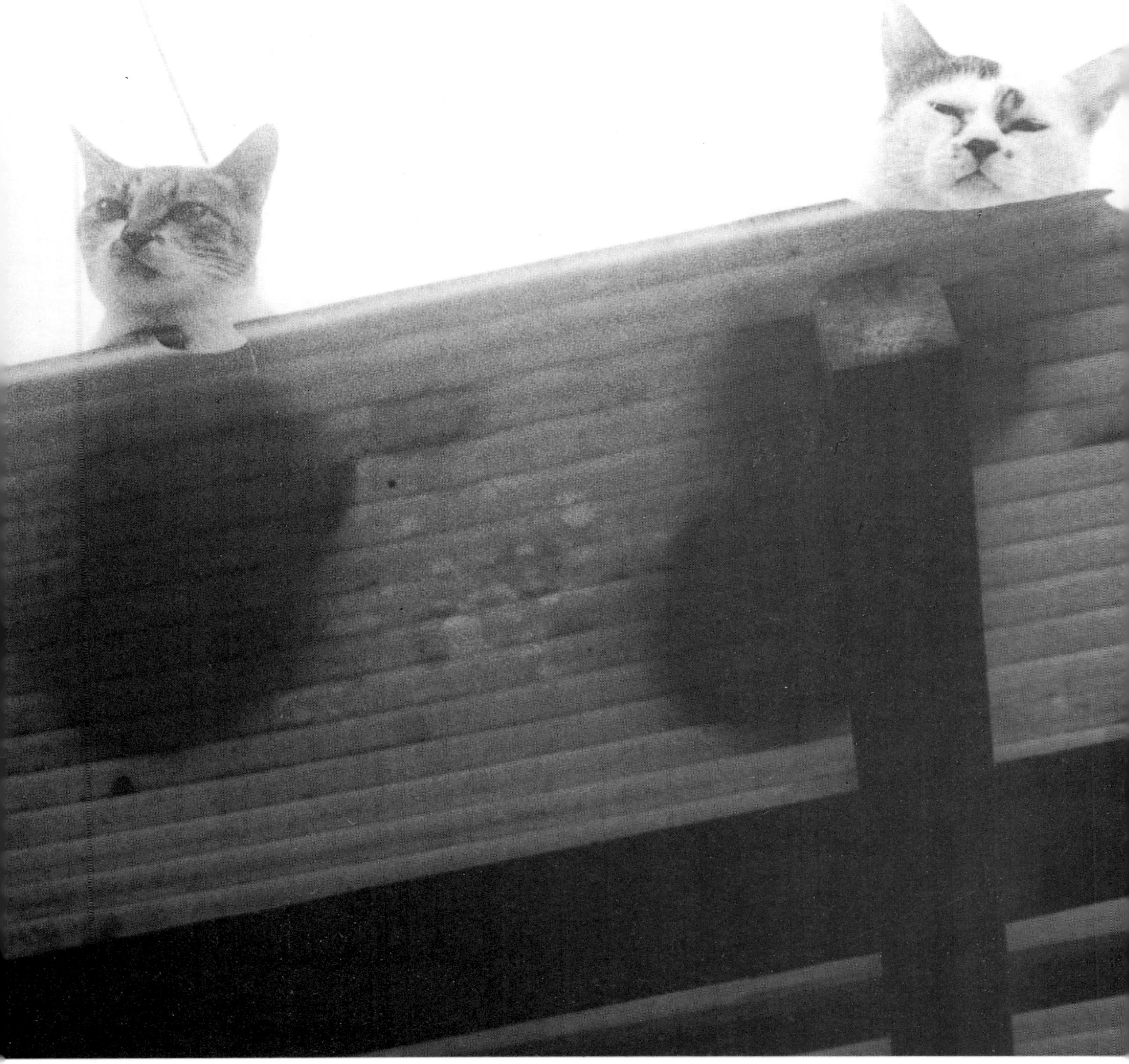

EVEN DE INSTINKTEN LATEN OVERHEERSEN

ZOU ZE VLOOIEN HEBBEN?

EIGENLIJK ZOU DAT SPIJKERTJE ER NOG UITMOETEN

ALTIJD ALS IK ZO TEGEN DE MIDDAG IN SLAAP VAL, KRIJG IK VAN DIE VREEMDE DROMEN

HET LIGT LEKKER HOOR, OP DIE TROEP!

ZIJN ZO ALLE WITTE STUKJES GOED IN DE ZON?

OP MIJN GRAF WIL IK OOK VAN DIE BLOEMEN ...

MIJ KRIJGEN ZE HIER NIET WEG

NU EVEN GOED OPLETTEN

IK WIL OOK EEN VIOOLTJE ZIJN

MUURTJES

HET BLIJFT SPANNEND OF JE HET REDT IN EEN KEER

IK HOOR DAAR NIET BIJ, BIJ DAT GEFOEZEL

IK BLIJF JE TOCH EEN ENGERD VINDEN

DE TUIN VAN DE BUREN HEEFT OOK WEL WAT

JE REDT JEZELF WEL HE, IK DOE EVEN EEN TUKJE

JA HOOR, DAT LUKT BEST

STEEGJES

DAT IS DIE NIEUWE VAN OM DE HOEK

JA, JE MOET ER WAT VOOR OVER HEBBEN ALS JE BIJ JE VADER OP BEZOEK WILT ▶

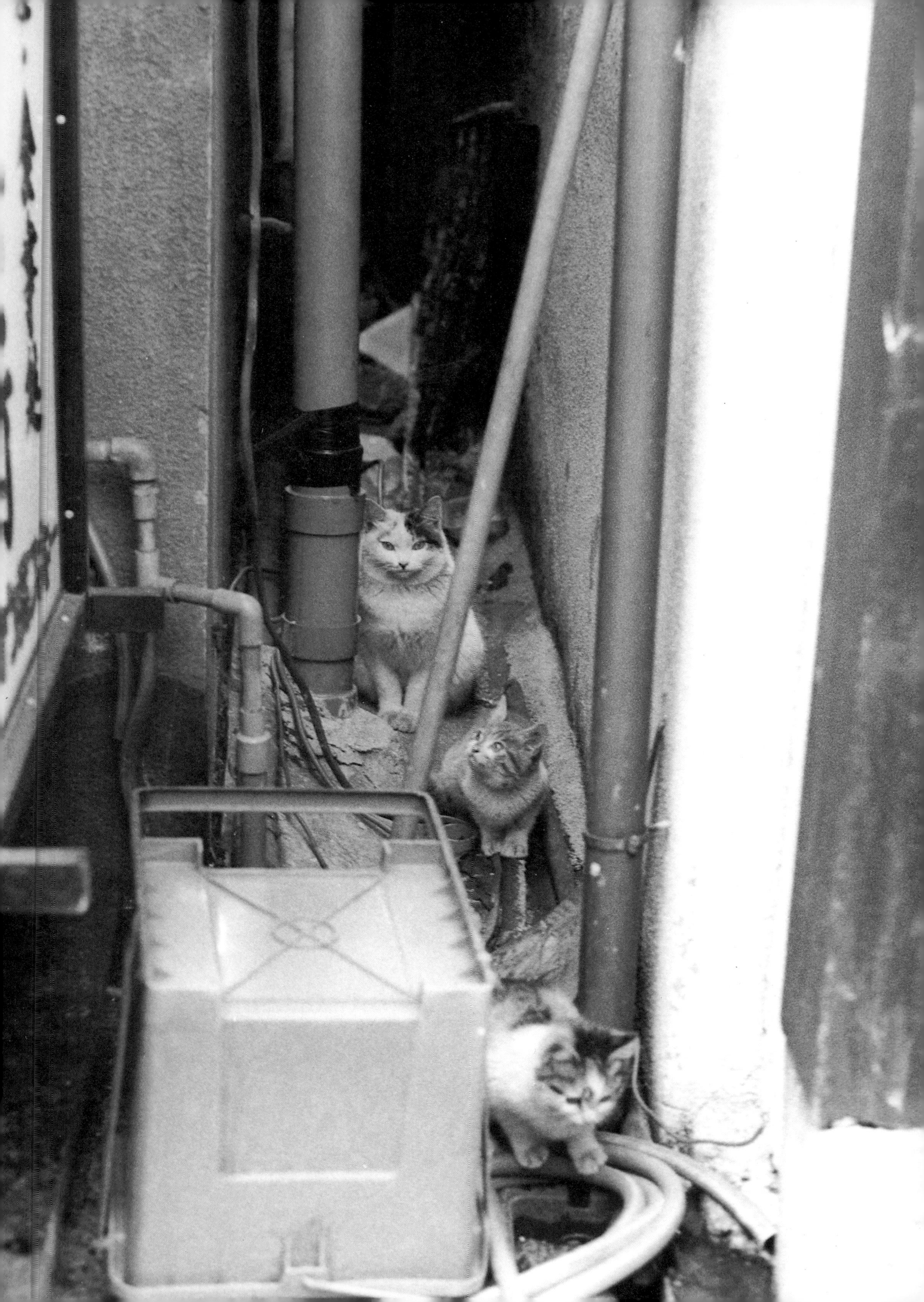

MOETEN WE ECHT LANGS DIE BAMBOESTOK
NAAR BOVEN?

DAAR KOMT IE AAN, NOU EERST NOG EVEN
RUSTIG BLIJVEN ZITTEN

ZOU ZE NU AAN DIE ANDER ZITTEN DENKEN?

IK WEET NIET OF IK DIT WEL ZO LEUK VIND

SAMEN

WE VINDEN HET VAST WEL WEER TERUG

MIJN ZOON GROEIT ME NU AL BOVEN DE KOP UIT

IK ZOU NIETS KUNNEN BEDENKEN WAT FIJNER IS

SAMEN STAAN WE STERK

ZULLEN WE DAN MAAR?

WAT IS DE WERELD GROOT HE?

IK LAAT ME NIET KENNEN, VANDAAG NIET EN MORGEN NIET EN OVERMORGEN OOK NIET

LOOP MAAR PRECIES ACHTER MIJ AAN, IK WEET DE VEILIGSTE WEG NAAR HUIS

DE KAT

Zij is zeer glad, wanneer de rug zich strekt,
de haren donzig achterover hellen
en 't lenig lijf elastisch kromt of rekt,
terwijl pupillen in het donker zwellen.

Spookachtig licht brandt in die groene wellen,
en raspig is de tong waarmee zij lekt
over de zachte huid, de buik met de mamellen,
gekromde klauwen en geklauwde bek.

Sluipende passen 's avonds door het donker
over het erf, de schuur of langs de trap.
De snelle ogen schieten groene vonken,

Wanneer zij sporen ruikt van rat of muis.
Dan ligt het trillend lijf, schijnbaar ontveerd en
slap, maar vijlt de nagels tot een marteltuig.

Pierre H. Dubois
Uit: Twee lentes.
A.A.M. Stols, Maastricht, z.j.

3

KATTEN…

GEMOEDSTOESTANDEN

VERMOEID

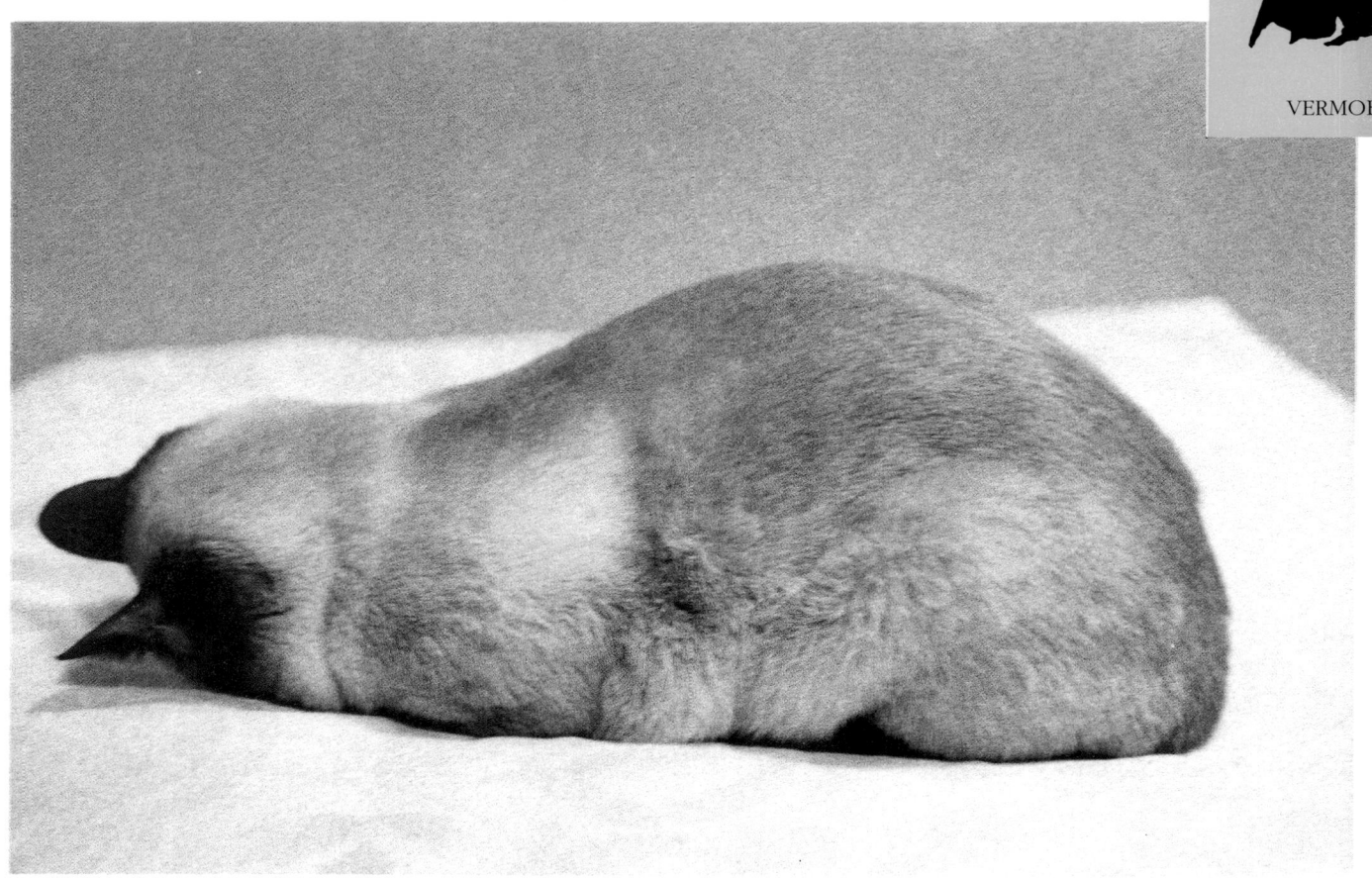

IK HOOR NIEMAND, IK ZIE NIEMAND, IK WEET NERGENS VAN

WACHT EENS EVEN ...

EN DAN MOET IK STRAKS NOG DAT HELE EIND NAAR DE SLAGER ... ▶

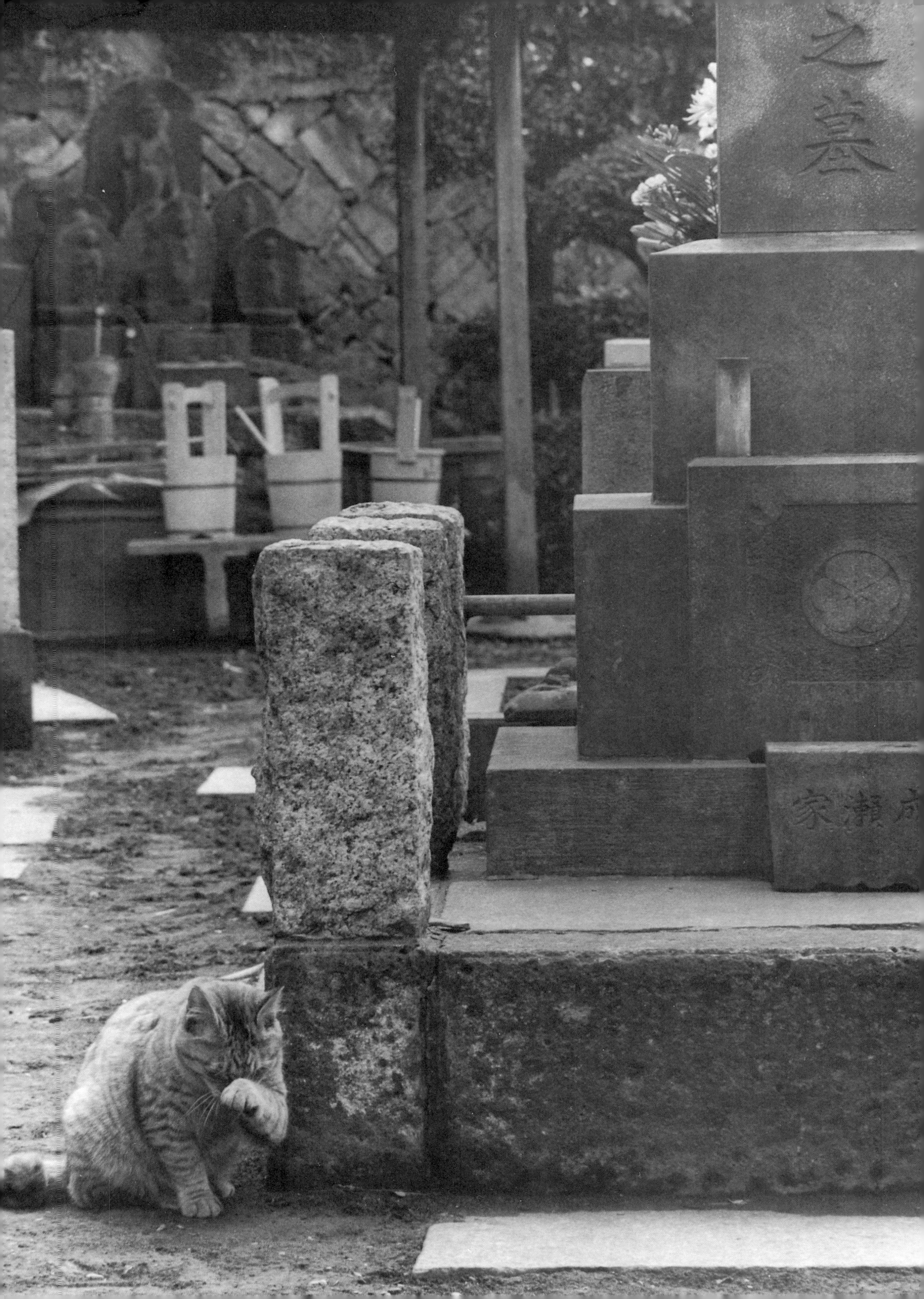

之墓
成瀬家

VROLIJK

STA IK ER ZO NIET OP MIJN PAASBEST OP?

STRETCHEN MET DE BEKSPIEREN

NEE HOOR, DAAR GELOOF IK NIETS VAN

BEDACHTZAAM

VERWONDERING

ZAL IK HEM NU WEL OF NIET VERSIEREN?

IK BLIJF NOG EEN KWARTIER WACHTEN, MAAR DAN HEB IK HET WEL BEKEKEN

IK MOET OPPASSEN DAT IK STRAKS NIET IN HET PRIKKELDRAAD TERECHT KOM

GEBIOLOGEERD ▶

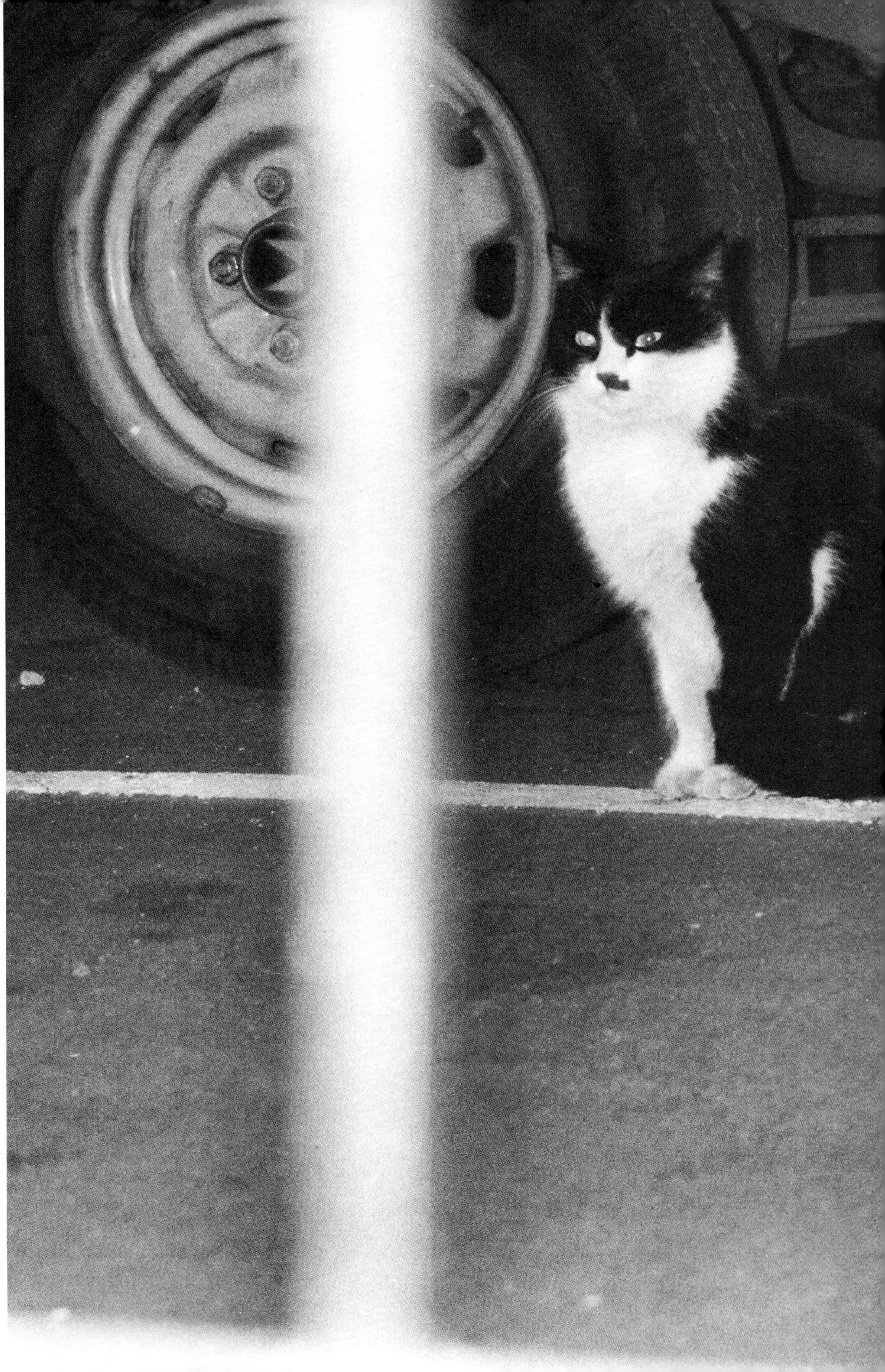

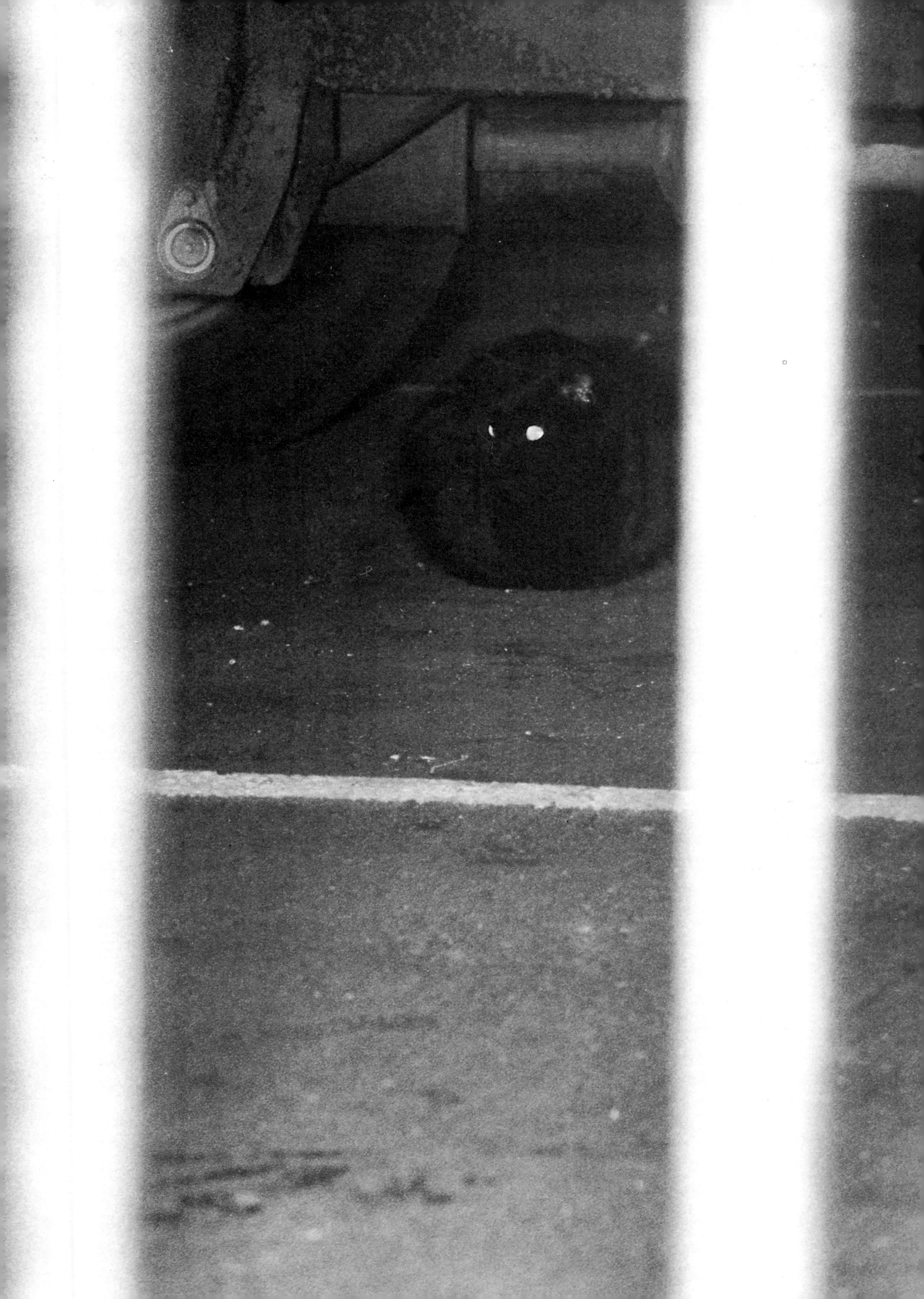

WAT RITSELT DAAR BENEDEN?

'T IS ME HIER EEN BEETJE TE MOERASSIG

GRRR

NIEUWSGIERIG

STRAKS KOMT HET WATER WEER UIT DIE KRAAN SCHIETEN!

ANGST EN WOEDE GAAN SAMEN

HIER TUSSENDOOR KUN JE ALLES GOED BEKIJKEN

EEN KONIJN OF EEN HAAS?

HOE GING DAT OOK WEER VAN DIE BIJTJES EN DIE BLOEMETJES?

ZE HEBBEN MIJN BROER VASTGEZET

WIE MET HET MEESTE LAWAAI STRAKS TE VOORSCHIJN KOMT ...

CLOCHARD

AFWACHTEN!

ER ZIJN ME AL TEVEEL HIER

ELEGANCE IS NOG ALTIJD MIJN STERKE KANT

DAT WORDT LACHEN

OBSERVEREND

WAT STAAT DAAR NU GESCHREVEN?

VOLGENS MIJ KEN IK JOU NIET

VOORLOPIG HEB IK MIJN TERRITORIUM GOED VOOR MEKAAR

KOMT IEMAND MIJ ZO HALEN?

IK WEET NIET OF IK WEL DOOR JOU AANGEHAALD WIL WORDEN

VOLGENS MIJ LOOPT ER EEN RIVAAL ACHTER DE SCHUTTING

DE KATER

Iedere avond om 10 uur
verscheen, gekweld door minnevuur,
een kater op een hoge muur.

Daar zette hij zijn stemgeluid
tot maximaal volume uit
als blijk van hulde voor zijn bruid.

Ofschoon zich nooit in het verschiet
een tegenstem vernemen liet,
hij staakte zijn aanbidding niet.

Want hij besefte: enkel zo,
zonder stem der ratio,
houdt men zijn liefde op niveau.

M. Mok
Uit: Berijmde Bokkesprongen.
Wereldbibliotheek, Amsterdam 1962